A CONEY ISLAND OF THE MIND

心灵的科尼岛

[美] 劳伦斯·费林盖蒂 — 著
Lawrence Ferlinghetti

黄灿然 — 译

上海译文出版社

献给 K.

目 录

心灵的科尼岛

诗集名是从亨利·米勒的《进入夜生活》摘取的。虽然脱离上下文，却能表达我对写这些诗时的感受——仿佛它们总体上形成了某种心灵的科尼岛，某种灵魂的马戏团。

一

在戈雅最伟大的场面里我们似乎看见
刚好第一次
获得“受苦的人类”
这个称号时的
世界人民
他们在纸上痛苦地扭动
名副其实置身于
逆境的愤怒中
堆积起来
在水泥似的天空下与婴儿和刺刀
一起呻吟
在一幅由枯萎的树木
弯腰的雕像蝙蝠翅膀和喙
光滑的绞架
尸首和食肉公鸡
和“灾难的想象力”的
所有
惨叫的最后怪兽构成的抽象风景中
他们是如此血腥地真实
仿佛他们依然存在

他们确实依然存在

只不过风景改变了

他们依然沿着道路排列着
道路上横行着外籍军团人员
假想的敌人和发疯的趾高气扬者

我们是同样的人民
只不过更远离家园
在五十条车道宽的高速公路上
在一片混凝土大陆上
乏味的广告牌把这大陆隔成一格格
说明种种弱智的幸福幻觉
那风景显示少了些死囚押送车
但多了有毒瘾的市民
坐在色彩鲜丽的汽车里
他们拥有奇奇怪怪的车牌
和发动机
它们吞噬美国

二

扬帆穿过民众的海峡
我们看见象征的群鸟
在我们头顶上尖啸
而热切的鹰盘旋着
浴缸里的大象们
从我们身边漂流向大海
弹拨着弯曲的曼陀林
用它们的耳朵做担保来维持往昔的光荣
而爱国的娘儿们
别着纸罂粟花
吃着夹心软糖
沿着海岸奔跑
在我们背后哀号
而当我们把自己捆绑在桅杆上
用口香糖塞住耳朵
高山上临死的猴子
却哼起低沉的歌
欢愉的母牛飞离
唱起雅典人的国歌
当它们的荚果变成郁金香

而来自赫利俄斯的直升机
飞越我们头顶
空投从洛杉矶到天堂的
免费火车票
承诺自由选举
因此
我们又一次升起桅杆
乘坐那艘黑船
又一次出发
航行在颠簸的大海上
满载着被解放的纯洁处女们
和读《瓦尔登湖》的扔铁饼者
但是
在抵达那个伟大的
美利坚半民主国的
陌生市郊海岸之后不久
便都面面相觑
带着轻微的吃惊
在达里恩一个山峰上
沉默无语

三

诗人那下流地看事物的眼睛
看见这圆形世界的表面
　　　　连同其酒醉的屋顶
　　　　和晒衣绳上的木鸟
　　　　连同其黏土男性和女性
　　　　及其灼热大腿和玫瑰花蕾乳房
　　　　在折叠床上
连同其充满神秘的树林
连同其星期天公园和无语的雕像
连同其美国
　　　　及其鬼城和空荡荡的埃利斯岛们
连同其超现实风景,包括
　　　　　　　　　　没头脑的牧场
　　　　　　　　　　超级市场的郊区
　　　　　　　　　　蒸汽供暖的墓园
　　　　　　　　　　宽银幕立体电影的神圣日子
　　　　　　　　　　和抗议的大教堂
一个防吻的世界,充满塑料马桶座圈月经棉塞和出租车
　　　　被下了迷药的商店牛仔和拉斯维加斯处女
　　　　被脱离关系的印第安人和电影映前广告的主妇

非天主教徒的参议员和基于良心的非拒服兵役者
和所有其他因太成真而误落在
日光浴者中间的
修剪过的
移民梦的致命碎片

四

一个超现实年份
充满着胸前背后挂广告标语者和日光浴者
死向日葵和活电话
顺服的政客和党鞭们
如常在他们那些
大篷马戏场里表演
翻筋斗者和人肉炮弹
在空中纵横如叫喊声
这时某个冷酷的小丑
按了按一个不能吃的蘑菇按钮
于是一个听不见的星期天炸弹
落下
冷不防击中在高尔夫球场第十九球穴区
祈祷的总统

啊那是春天
充满毛皮叶和钴花
当凯迪拉克牌汽车雨点般落在树林间
疯狂地淹没一片片草地
从每一团再造云里

掉下一批批由无辜丸的长崎生还者
构成的无翼群众

装满我们骨灰的
迷失的茶杯
一个个漂流而过

五

在永生期间某个时刻
一些家伙现身
其中一个
现身特别晚的
是某种木匠
来自某个像加利利那种
四方形的地方
他开始哀号
宣称他知道谁是天堂
和人间的
创造者
还说那只
实际上把十字架压在我们身上的猫
是他爹

不仅如此
他还说
这一切都已写在
某些卷轴型的羊皮纸上
在很久以前

被某些信徒遗留在死海附近
某些地方
而你哪怕是
用两千年左右的时间
或者更准确些
至少用一千九百四十七年
也找不到
它们
而即便是那时
也没人真正相信它们
或就此而言
相信我

你很热
他们对他说

于是他们使他凉下来

他们把他伸展在树上去凉

这之后大家都
总是用他被吊在
这棵树上

作榜样

并且总是哼唱他的名字

呼唤他下来

列席

他们的小型乐队

仿佛他是那头至高无上的王猫

他必须吹奏

否则他们就一筹莫展

但他根本就不从他的树上

下来

他只是吊在那里

在他的树上

看上去真的奄奄一息

并且真的很凉

并且

据深夜世界新闻简报

从通常不可靠的人士

那里得知的消息称

真的死了

六

他们正在
把圣方济各雕像
修建在
圣弗朗西斯科市
圣方济各教堂前
在一条小街里
离大街不远
大街没有鸟唱歌
太阳以其如常的方式
准时升起
刚开始要照耀
那座没有鸟唱歌的
圣方济各雕像

很多老意大利人
无所事事
在那条小街里
离大街不远
观看狡猾的工人们
用铁链和起重机

和其他成套工具

把雕像升起

又有很多年轻记者

穿着有纽扣领的衬衫

记录一个年轻牧师

所讲的话

牧师正在用他所有的理据

撑起那座雕像

而自始至终

虽然没有鸟歌唱

任何圣方济各受难曲

虽然观看者继续仰首

观看圣方济各

看他双臂伸开

迎接不在那里的鸟

但还是有一个非常高非常纯洁的裸体

年轻处女

留着一头非常长非常直的

稻草发

别着一个非常小的

鸟巢

在一个非常存在的地方

不停地穿过人群
自始至终
走上又走下圣方济各
面前的台阶
眼睛自始至终下垂着
对她自己唱歌

七

她能跟那头幻想中的蠢熊说什么
她能跟兄弟说什么
她能跟那只
　　　　　有未来脚的猫说什么
她能跟母亲说什么
自从她奢华地躺在
　　　　　　　　棒棒糖花间
　　在那个热河岸
　　　　　河岸上羊齿草在她情人的呼吸
　　　　　　　　那破碎的空气中枯萎
　　而鸟儿都疯了
　　　　　　　纷纷从树上
扑向地面去品尝还很热的
　　　　　　　　　溢出的精子

八

那天在金门公园
一个男人和他妻子一路走来
穿过巨大的草地
那是世界的草地
他穿着绿色吊带裤
一手拿着破旧的
长笛
妻子拿着一串葡萄
不断逐个逐个地
分发给
各种各样的松鼠
仿佛每颗
都是一个小笑话

接着他们俩迎面走来
穿过巨大的草地
那是世界的草地
然后
来到树做着梦
并且似乎一直都在等待着他们的

非常宁静的地点
他们便一块儿坐在草地上
互相不看一眼
吃橙子
互相不看一眼
并把橙皮
放进一个似乎是他们专门
为了这个目的而带来的篮子里
而互相不看一眼

然后
他把衬衫和汗衫脱下来
但仍斜戴着
帽子
不说一句话
在帽子下沉沉入睡
妻子就坐在那里望着
鸟儿在周围飞翔
在寂静的空气中
彼此呼唤
仿佛它们正在质疑存在
或试图回忆某件遗忘的事情

不过她终于
也平躺下来
躺在那里不仰望
任何东西
手指却在抚弄着那支无人吹奏的
破旧长笛
终于望了望
他
不带任何特别的表情
除了某种难看的
极其沮丧的表情

九

看
我们就是像这样
轻松走进这地方
一对奇特的猫
正在体验阿兹特克腹泻
而我说
爸咱们抄捷径吧
可是这位夫人
从我后面走来看了看
并说
你和我有可能真的存在
哇我说
改天吧
她有一口坏牙
并且真的讨厌
诗歌

十

我一生都没有跟美躺在一起过
好好跟我自己讲讲
它种种最普遍的魅力
我一生都没有跟美躺在一起过
也没有跟它一起说过谎
跟我自己讲讲
美怎样永不消逝
而是在艺术的
土著们中间孑然
独立
并且远离爱情的
战场

它在这一切以上
啊没错
它坐在教堂最上等的
座位上
在那高处艺术导演们碰头
选出可以不朽的事物
而他们一生都跟美

躺在一起
他们以蜜汁为食
喝乐园的葡萄酒
所以他们准确无误地知道
一件美的事物是一种欢乐
永永远远
知道它永永远远
不会凋谢
消失在赔本的虚无里

啊我从未这样
以“美的睡姿”躺过
担心夜里惊醒
唯恐我会错过
某个美的翻身动作
然而我以自己古怪的方式
与美躺在一起
还在我床上创造了一两个
与美在一起的饥饿场面
并因此溢出另一两首诗
并因此溢出另一两首诗
溅在这个博斯[1]似的世界

---

[1] 指荷兰画家博斯(Hieronymus Bosch,1450—1516)。

十一

莫里斯·格拉夫斯受伤的荒野之地
并不是白人发现的
同一个蛮荒的西部
它是佛陀从一个不同的方向
踏上的土地
它是一个蛮荒的白巢
在内省的真正疯狂的
北方
那里“内心之眼的鹰隼们”
急坠而死
在它们临死的下跌中瞥见
生命所有存在的
记忆
并以庄严的粉笔之翼
在铅灰色的天空上画出
一千个用线编织的
飞翔的形象

这是属于他们的“原栖居地”的夜晚
这些有着流血的白翼的“精神之鸟”

这些成群结队的鸻鸟

胡兀鹫

盲目之禽歌唱

在玻璃田野里

这些患了月疯症的天鹅和狂喜的雄鹅

落入陷阱的白鹭

木炭色猫头鹰

疾走的乌龟象征符号

这些群山中间的粉红色鱼

寻求筑巢的伯劳鸟

在产生幻觉的卫星中

在空气中

交配的白骨雄蜂

和一只在金色溪流里钓鱼的

戴面具的鸟儿

和一只“吃自己的奶”的

朱鹭

和一个离群的科尼马拉鬼怪

（跟真身一样大）

接着那些被吹散的哑默禽鸟

带着两条溪之间的

鱼和纸的信息

两条溪是孪生的

遗忘之溪

溪里想象力

转向它自己

带着白色的电力视域

重新发现它自己依然疯狂

没吃过东西

在赫布里底群岛间

十二

“一幅跻身不朽的画”
它的战争意象
一旦孕育
就不会离开
那加铅的地面
无论他多少次把它
赶入
遗忘
在它上面涂颜料也无济于事
它不断通过木板和帆布
冒出来
当它冒出来它向他呐喊
一首可怕的睡前歌
歌中每一张床都是一座坟墓
布满非尘世的闹钟
可怖地叫嚷
索要恋人和睡眠者

十三

不同于但丁

在天堂的斜坡上

发现一部《神曲》

我会描绘一种不同的

《天堂篇》

诗中人们将赤身裸体

就像他们惯常那样

在像那样的场景中

因为它被假设是一幅

描绘他们灵魂的图画

但将不会有焦虑的天使告诉他们

天堂就跟

一个君主国

一模一样

也将不会有烈火燃烧

在下面那些我可能会踏进去的

地狱坑洞里

也将不会有天空中的祭坛

除了想象力的喷泉

十四

别让那匹马
　　　　　吃那把小提琴

　　夏加尔的母亲喊道

　　　　　　　　但他
　　　　　　　继续
　　　　　　　　画下去
成了名

并继续画
　　　　《口中衔着小提琴的马》

而当他终于完成它
他跃上那匹马
　　　　　　奔驰而去
　　挥动那把小提琴

然后他低头鞠躬把它给了

他遇见的第一个赤身裸体者

小提琴上一根弦
　　　　　　也没有

十五

永远冒着荒诞和死亡的
危险
每当他在观众
头顶上
表演
诗人像杂技演员
爬在韵律上
攀向他自己创造的高空钢索
然后平衡在视线上
在一片面孔的海洋上
踱着步走向
日子的另一面
表演两脚腾跃交叉
和变脚法的诡计
和其他高级戏剧效果
并且绝不会
把任何东西
误为它不是的东西

因为他是超级现实主义者

必然一定要察觉
绷紧的真相
然后才在他假设通往
更高的栖息处的前进中
采取每个立场或踏出每一步
而美在那栖息处驻足等待
带着重力
准备开始她那藐视死亡的跃起

而他
一个查理·卓别林式的小个子男人
他也许会也许不会捕捉住
她美丽的永恒形状
那形状在存在的空荡荡的空气中
伸展四肢

十六

卡夫卡的城堡站在世界之上

如同“存在的神秘”的

最后监狱

它那些盲目的通道使我们困惑

陡峭的小径

从它那里毫无来由地急坠而下

道路呈辐射状没入空气

如同电话总机

那迷宫似的金属丝

通过总机所有电话

都无穷地难以追踪

在那上面

是天堂般的气候

灵魂一丝不挂地

舞在一起

而我们像集市边缘的

闲荡者

盯着那难以获取的

想像中的神秘

然而在远离一切的那端

如同一个马戏团帐篷的边门

是城垛中一条宽敞宽敞的通风管

那里就连大象也能

轻易穿过

十七

人生不是一个马戏团
那里表演爱情的害羞的狗
　　　　　　　　　　　望着
而时间轻抽
　　　　　它那诡计多端的鞭子
　　　　　　　　　　　　　　　驱赶我们加快步伐
然而欢快地游行的彩车漂流而过
　　　　　　　　　　　装饰着华丽的丝绸束物
　　　　　　　　　　　　有令人迷惑的猴子在照料着
　　　　　　　　　　　　　　　　　还有假装的僧侣
　　　　　　　　　　　　　　　　　淫荡的海华沙[①]
　　　　　　　　　　　　而狒狒骑着里面藏着姑娘们的
　　　　　　　　　　　　　　　　温顺老虎
　　　　　刺耳的喇叭则制造旋转木马的音乐
　　　　哑剧男丑角用奇怪而悲哀的笑声
　　　　　　　　阉割灾难
　　沾满血污的大猩猩则把温柔女子扔向天上
　　　　　阔步舞者和狡诈的骗子

① 朗费罗长诗《海华沙之歌》的主人公。

全都兴高采烈
摆出海报姿态
在每一个旋转的动作之后
跌跌撞撞
依然是在圆形表演场附近
畸形的欲望骆驼跳跃着奔跑
而我们全都是埃米特·凯利[①]式的小丑
总是虚构一些想像的场景
用我们所有的面具替代面孔
甚至在折叠桌上
吃伪造的最后晚餐
然后戴着木屑十字架
嘲笑十字架

然而为了赦免我们的马戏团灵魂
终于还是狼吞虎咽吃光了
同样是想像出来的
恩典的圣饼

① 美国著名马戏团表演者。

十八

被我
自己的声音
还有被热电线上的
鸟儿的声音吓坏
在礼拜天的睡眠中我看见自己
在屠杀形形色色的罪人和火鸡
抖动枯槁尖乳头的狂吠的狗
和穿铁西装
裤子上贴着布鲁克斯牌子
挂着耶鲁锁的黑骑士
没错
以勃起成长矛的阴茎
我屠杀所有老妇人
用我这把摇晃晃的甜剑一挑
就使她们再次青春焕发
恢复她们的处女
风帽和头
啊没错
在阿谀的睡眠的虚假中

我们来了我们征服一切
但是真实的
标准时间始终在嘀嗒着
真牙齿的新瓶装婴儿
吞噬我们幻想的
虚构的未来

十九

在有很多河流动的树林里
在我们童年
不屈的群山和田野间
——那里草垛和彩虹在记忆中混合
尽管我们的“田野”是街道——
我再次看见那些数不清的早晨升起
所有活生生的事物
都把阴影投在永恒中
整天里光亮
如同清早
以其轮廓鲜明的阴影使一个乐园
蒙上阴影
使我做梦都没想到过
也几乎从未思考过
会有这个未修面的今天
连同其可笑的秃鼻乌鸦
它们高高升起在枯树林上空
又哇又叫
质疑其他每一个春天
和每一样事物

二十

高架铁道边那家一便士糖果店
是我与不现实
　　　　　　初恋的
　　　　　　　　　地方
豆形糖果在那个九月下午的
半幽暗中发亮
柜台上一只猫沿着
　　　　　　甘草条
　　　　和图齐罗尔巧克力软糖
　　和啊少年泡泡糖走动

外面树叶正一片片飘逝

风把太阳吹走了

一个女孩跑进来
头发湿漉漉
双乳在小房间里喘不过气

外面叶子正一片片飘落

并惊呼

太快！太快！

二十一

她喜欢看花
闻果
而叶子都有爱的表情

但愚蠢的醉水手们
跌跌撞撞穿过她的睡眠
把精液撒落
在处女风景上

在某个年龄
她的心掉转航向
搜寻那些失去的海岸

并听见从寂静的另一边
传来绿鸟的歌声

二十二

约翰尼·诺兰屁股上有一个补丁

孩子们追逐他

　　　　穿过纱门夏天

穿过我所有回忆的

　　　　　　穷街陋巷

某处一个男人在用一把

　　　　　　　　小提琴哀叹

门阶上一个弃婴哭叫

　　　　　　又哭叫

　　　　　像

　　　　　　一个

　　　　　　　球

　　　　　　　　弹跳

　　　　　　　　　下

　　　　　　　　　　台阶

这帮助下午再次醒来
一瞬间想起记忆中的歇斯底里

约翰尼·诺兰屁股上有一个补丁

孩子们追逐他

二十三

威德·福利亚尼
又名贝拉·多娜
深谙美式消遣的
意大利女士
威德·福利亚尼
是一个欢乐老灵魂
她灵魂里
有胡须

但那次我将计就计
击败她
着实使她不好受
那是凌晨三时
在博盖塞花园
那些雕像上
画胡子
而我敢说不会有人更聪明
要是她给某座流浪的

切利尼[①]雕像

涂上一只免费的圣诞鹅

① Cellini(1500—1571),意大利佛罗伦萨金匠、雕刻家,在法国和佛罗伦萨都有重要地位。

二十四

我们蹲在爱情沙滩上
周遭是弹拨时充满沙粒声的毕加索曼陀林
和对斯芬克司一无所知的被埋葬的猫爪结
和野餐纸片
和死蟹爪
和海星痕迹

我们蹲在爱情沙滩上
周遭是搁浅的美人鱼
连同她们大声叫喊的婴儿和秃头丈夫
和用冰淇淋匙作脚
既不会走路也不会爱
除了会吃的
自制木头动物

我们蹲在爱情边缘上
安稳如蹲者才会有的那样
周遭是盐性爱的潮汐
成坑成洼的残余物
和甜蜜的精液小溪

和柔软的沙肉里
被埋葬的无力的啄食者

而我们依然欢笑
而我们依然奔跑
而我们依然一头扑倒在
爱船上
但要比我们想像的
深得多
也晚得多
并且全都沉落
我们所有的爱情浮标都不管用

于是我们喝酒我们耽溺

二十五

被海水冲上岸
　　　　　　心扑动着
　　　　　　　　　　喘着气呼唤“爱”

　　一条试图从空气之肉
　　　吸一口气的蠢鱼

没有谁在那里聆听它死在
　　　　　　　　悲哀的灌木丛中
　　那里世界匆匆经过
　　　　　　　在一大堆沥青和迟到的废话声中

二十六

那“我青年时代所喜爱的
感官的磷光”

如今几乎已被我抛诸脑后
像一个梦幻国度
那里一个炽热睡眠的
天使
起舞如歌剧女主角
披着奇异的面纱
透过它欲望
又看又哭

可她依然舞着
依然舞着

她依然冲向
我
带着呼吸的双乳
和秘密的嘴唇

和(啊)

明亮的眼睛

二十七

孔雀

走在夜树下

在迷失的
月光中

当我出来

寻找爱

在那天晚上

小海湾一只斑鸠鸣叫

一个钟形女帽敲响两次

一次为爱的生

一次为爱的死

在那天

晚上

二十八

鸽子是爱
那里有爱
鸽子是爱
这里有爱
斑鸠之爱
在抒情的喜悦中
听爱的山歌
爱的真正的意志之歌
爱的低沉的素歌
太甜蜜的痛苦之歌
在夜晚的消逝中
鸽子是爱
这里有爱
斑鸠之爱
鸽子是爱
这里有爱

二十九

而这就是它永远是的方式而这就是它
永远结束的方式而火和玫瑰是一体
并且永远是同样的场面永远是同样的
题材从一开始就这样如同在《圣经》里
或《太阳照样升起》里它开始讲罗伯特·科恩
是他那个级别的中量级拳击冠军但后来
我们失去勇气于是我们又出发
我们又到了那里我们又有同样的主题和场面
连同所有的公民和所有的人物全都一开始
就逐渐去达到它而看上去好像他们一心只想着
做这件事至于跟谁做有一半时间
并不很重要但另一半又比什么都重要
啊甜蜜的爱情发烧没错而且永远有各种
复杂情况例如也许她对他看不上眼或他
对她看不上眼或她对她看不上眼或他对他
看不上眼或这样那样的事情在妨碍着例如
他母亲或她父亲或诸如此类的人但他们勇往直前
总是继续努力去获得它像在莎士比亚作品里
或《荒原》里或普鲁斯特追忆他的《逝水
年华》里或不管在什么情况下而他们全都朝着

彼此挣扎或跟在彼此之后挣扎像《希腊古瓮》上
或任何市场街上或旋转木马上那些大理石姑娘
他们到处走动走动都在追逐爱情并且有一半饥饿时间
甚至不知道真正把他们吃掉的是什么如同罗宾①
走在她的夜林街道上虽然一切并不是这么简单
仿佛她真的就只需要一支五毛钱雪茄似的啊不是
而那些没狩猎过的将认不出那狩猎姿态还有
在心的隐藏处附近盘旋的鹰和鸣叫的饿马和石头天使
和天堂和地狱和叶尔玛②及其衣服里盲目的双乳
还有扬帆去寻找的克里斯托弗·哥伦布还有鲁达夫·
瓦伦蒂诺③和朱丽叶和罗密欧和约翰·巴里莫④
和安娜·利维娅⑤和阿比的爱尔兰玫瑰⑥
于是晚安甜蜜的王子⑦又全都重新来过
每个人和所有人都跟着不管什么样的昼夜和冬夏
春天和明天一起又笑又哭像迷失在雪中的安娜·卡列尼娜
和大森林里猎人的呼喊
而手水们走来而弗洛伊德和尤利西斯

---

① 罗宾是杜娜·巴恩斯同性恋小说《夜林》的女主人公。
② 西班牙诗人洛尔迦《叶尔玛》的女主人公。
③ 意大利电影演员。
④ 美国舞台剧演员。
⑤ 爱尔兰小说家,写同性恋题材,也是语言理论家。
⑥ 《阿比的爱尔兰玫瑰》是一部电影。
⑦ “晚安,甜蜜的王子”是莎剧《哈姆雷特》人物霍拉旭对哈姆雷特说的话,一般用于年轻人临死前。

总是作饥饿的旅行追寻同样的
热圣杯如同亚瑟王和他的夜间骑士
而大家都纳闷着它将在哪里结束以及将在
何时结束像在电影里或在某部黑夜迷宫长篇小说里
是的如同在黑夜迷宫里是的我说是的我愿意而他
把我唤作他的安达卢西亚玫瑰而我说是的我的
心就像疯了般而这就是尤利西斯结束的方式
如同一切事物总是这样结束当那个狩猎的
肉体鸡巴终于叫出声来并有他光荣的
时刻上帝啊于是林中斧头的声音渐弱
而树木纷纷倒下甜蜜鸡巴的剑在美丽的
肉体田野里枯萎终于孤零零和被爱和被失去
和被发现在一条河道的河岸上
那河道正是一切开始之处于是一切又重新开始

口头信息

这七首诗是为爵士乐伴奏而创作的，因此必须被视为即兴说出的“口头信息”而不是为发表或出版而写的诗。由于不断用爵士乐进行实验性的朗诵，因此它们仍然处于改变的状态中。《自传》和《拾破烂者的助奏》收录于幻想唱片公司编号7002的慢转唱片《地窖里的诗歌朗诵》，这是我与肯尼思·雷克斯罗特和旧金山地窖爵士四重奏乐队共同录制的。

我在等待

我在等待我的时机到来
我在等待
奇迹的再生
我在等待某个人
来真正发现美利坚
并哀号
我在等待
发现一个
有新的象征意义的西部边陲
我在等待
美国之鹰
真正展开巨翼
改过自新
我在等待
焦虑的一代
蹬腿暴毙
我在等待
打仗
战争将使世界有利于
无政府状态

我在等待
所有的政府
最终衰微消失
而我永远都在等待
奇迹的再生

我在等待第二次降临
我在等待
一次宗教复兴
横扫亚利桑那州
我在等待
储藏愤怒的葡萄
我在等待葡萄来证明
上帝真的是美国人
我认真地等待
葛培理[1]与埃尔维斯·普雷斯利[2]
认真地互换角色
我在等待
上帝出现在
接通教堂祭坛的电视上

---

① William Franklin Graham(1918—),美国福音传教士,有“美国牧师”和“白宫牧师”之称。

② Elvis Presley(1935—1977),美国著名摇滚歌手,绰号“猫王”。

只要他们能找得到
正确的频道
来收看
我正在等待
用一种新异的开胃菜
又一次举行最后的晚餐
而我永远都在等待
奇迹的再生

我在等待我的号码被拨打
我在等待
绝妙的事情
我在等待
爸爸回家
衣袋里装满
生辉的银币
我在等待
原子试验结束
我在高兴地等待
事物变得更糟
然后再改善
我在等待
救世军来接管

我在等待
人群
在某处悬崖上失足
抓紧原子伞
我在等待
艾克[1]采取行动
我在等待
温顺者获赐福
并继承土地
而不必纳税
我在等待
森林和动物
夺回它们的大地
我在等待
发明一种办法
来摧毁所有民族主义
而不必杀任何人
我在等待
赤胸朱顶雀和星球雨点般掉落
我在等待相爱者和流泪者
再度躺在一起

---

① 指第三十四任(1953—1961)美国总统艾森豪威尔。

在一次新的奇迹的再生中

我在等待北美分水岭被跨越
我在焦急地等待
永生的秘密被一个
默默无闻的全科医生发现
使我永远免于某种死亡
我在等待
生活开始
我在等待
生活的风暴
平息
我在等待
扬帆驶向幸福
我在等待
一艘重建的五月花号
抵达美国
把它的图画书和电视版权
预先卖给原居民
我在等待
失去的音乐重新发声
在失去的大陆
在一次新的奇迹的再生中

我在等待那个
使万物清明的日子
我在等待
老人河[1]
不再继续翻滚
经过乡村俱乐部
我在等待
最腹地的南方
别再用它自己的形象
重建它自己
我在等待
美好的废除种族隔离战车
低低摇荡
把我载回老弗吉尼亚
我在等待
老弗吉尼亚发现
为什么黑人会出生
我在等待
上帝从展望山
放眼展望
把《南军阵亡将士颂》[2]

---

① 一首歌曲名，指密西西比河。
② 美国诗人艾伦·泰特的诗。

看作真正的闹剧
我在等待美国对汤姆·索亚
做下的事情
得到报应
而我永远都在等待
奇迹的再生

我在等待汤姆·斯威夫特[1]长大
我在等待
美国男孩[2]
脱掉美的衣服
然后骑在她身上
我在等待
梦游仙境的爱丽丝
把她那个完全的纯真梦境
再发送给我
我在等待
罗兰公子[3]来到
最后最黑的暗塔
我在等待

---

① 美国青少年系列科幻和冒险小说中的人物。
② 19世纪末至20世纪40年代的美国青少年杂志。
③ 英国诗人罗伯特·勃朗宁的诗《罗兰公子来到暗塔》中的人物。

阿佛洛狄特[1]
在最后的裁军会议上
长出活的双臂
在一次新的奇迹的再生中

我在等待
通过回忆孩提时代
来获得某些
不朽的暗示
我在等待
绿色早晨再度降临
青春无语的绿色田野再度归来
我在等待
某些非预设的艺术品种
来震撼我的打字机
我在等待写出
难以磨灭的伟大之诗
我在等待
放荡不羁而漫长的最后狂喜
而我永远都在等待
希腊古瓮上逃跑的恋人们

---

① 希神，爱与美之神。

终于能够追上彼此
互相拥抱
而我永远永远
都在等待
奇迹的复兴

拾破烂者的助奏

让我们走
来吧
让我们走
掏空我们的衣袋
然后消失。
错过我们所有的约会
几年后
再不修边幅地现身
裤子粘着
旧烟纸
头发粘着树叶。
让我们别再
操心付款
什么的。
让他们来
拿走我们
付款买的
不管是什么东西。
连我们也可以拿走。

让我们起身离开
去野狗们在希尔区
大小便的地方
在那里他们把地震
藏在城市垃圾场背后
迷失在煤气总管和垃圾中间。
让我们把城市垃圾场
仅仅视为“城市垃圾场”。
我的国家啊你的泪水。
让我们消失
在汽车坟墓里
几年后再现身
捡破烂和报纸
用垃圾火来烘干
我们的内裤
我们屁股上的补丁。
别费心去
跟任何人
说再见。
你的老婆不会想念我们。

让我们走
浑身散发斯特诺燃料的味道

那里长凳上都已经坐满了
鲍灵格林[1]废弃的雕像
在充斥着酒鬼和乞丐的下等街区
室内的暗夜中
我们的眼睛泪汪汪
带着麝香葡萄酒
空瓶的沉思。
让我们在街角
背诵破旧的《圣经》的篇章
追随码头的野狗
唱野歌
扔石头
说任何话
对太阳眨眼和挠痒
陷入沉默
在门口骗人
在大家都完事之后
认识第三手的妓女
迷迷糊糊跌跌撞撞走进东河的夕阳里
在电话亭里睡觉
在当铺呕吐

---

① 指俄亥俄州鲍灵格林州立大学。

哀号着要一件冬天外套。

让我们起身离开
在这座到处是滚动的
垃圾桶的城市底下
然后穿着散发恶臭的衣服再次现身
俨然像未加冕的地下皇帝
出入地铁男厕。
让我们在市政厅
喂鸽子
敦促他们在市长办公室
做好他们的本分。
快点吧没时间了。
末日将临。
骤发的洪水
太阳下的灾难
解开皮带的狗
街上的妹子
她的奶罩倒着戴。

让我们起身离开吧
进入灵魂那安静的下等街区
内部的暗夜里

然后在河流底下
地铁抛锚和等待的地方
使我们自己焕然一新。
摇身变成
完全的迷惑。
南码头不会永远运营。
他们正在切断湾区轮渡
但现在想迷失在奥克兰
还来得及。
华盛顿还没有从他的马背上
摔下来。
还有时间给他喝倒彩
然后才离开
把我们的所得税表抛在背后
把我们的防水手表也扔掉
跌跌撞撞盲目地跟着
布鲁克林桥下的野猫
穿宽松裤的吹制雕像
我们罐头的叫喊和垃圾的声音
跟在后面。
破烂待售！

让我们离开让我们走

进入这个国家真正的内部
那里当铺用纯粹不盲目的
无政府主义统治我们。
这里是尽头
但“烧树”俱乐部高尔夫球继续着。
下雨了倾盆大雨
老人在打鼾。
另一场洪水正来临
但不是你想像的那种。
仍有时间沉没
和思考。
我希望在社会中下降。
我希望假装自由。
低低地摇晃甜蜜的战车。
让我们别等待凯迪拉克牌汽车
把我们欢欣鼓舞地
载进内陆
像罗马参议员在外省那样
向原居民挥手
明亮的额头上
戴着诗人的桂冠。
让我们别等待
《纽约书评》头版上的

捧场文章
疯狂的成功形象
从照片里朝外微笑。
不管怎样，到他们把你的照片
印在《生活杂志》上的时候
你都已经变成一张底片了
一张用有光纸印出的照片。
他们会来把你
变成名人
可你还是不自由。
再见我要走了。
我正在把一切都卖掉
把其余的捐给
善意工业。
那边将无比黑暗
尽管有救世军乐队。
心灵是它自己的照明。
再见我要走出这整个现场。
关闭这廉价店。
整个制度已经一塌糊涂了。
罗马也不是这个样子。
我已没耐性等待戈多。
我要去乌龟胜利的地方

我要去
骗子呕吐而死的地方，
到官方世界
悲伤的海滨广场里去。
破烂待售！
我的国家啊你的泪水。

那么让我们走吧你和我
把我们的领带留在灯柱上
继承活无政府主义的
满脸胡子
看上去像沃尔特·惠特曼
口袋里装着土炸弹。
我希望在社会阶梯中下降。
上流社会是下流社会。
我要往社会
阶梯下爬
而下降是困难的。
中上层阶级理想
对那些鸟有用
但那些鸟对它没用
因为鸟根据鸟声
有自己的啄序。

呜呼草地上的鸽子。

让我们起身离开
前往人是自由的岛。
释放和平猪。
快点是时候了。
让我们起身离开
进入福斯特
自助食堂的内部。
别了埃米莉·波斯特[①]。
别了
洛厄尔·托马斯[②]。
再见百老汇。
再见先驱广场。
关掉它。
去他的制度。
取消我们所有的租约。
打败仗
而又不杀任何人。
让马匹嘶鸣
女士们跑向

---

① 以写礼仪文章著称的美国作者。
② 美国作者、电视主播和旅行家，因成为电影《阿拉伯的劳伦斯》的原型人物而著名。

抽水马桶没水的化妆室。
末日才刚刚开始。
我要宣布这个。
跑啊不要走
跑向最近的出口。
真正的地震正来临。
我能感到房子摇晃。
我是那种优雅型的。
我无法忍受。
我要去
驴子和自称为文学批评家的
关税征收员一起躺下的地方。
我的工具满是尘埃。
我的身体在奇怪的吊带裤上
挂太久了。
给我一块鲜艳的大头巾
做下体护身。
解除束缚我们就可以离开
一辆辆跑车瓦解
而世界将重新开始的地方。
快点是时候了。
是再也不能等的时候了
而这就是症结所在。

脑子使我们大家都变成老乡。
让我们抄捷径
进入偏离正道的永恒。
某个地方田野充满百灵鸟。
某个地方土地在摇荡。
我的国家啊我歌唱的
是你。

让我们起来离开
到人是自由的岛
过真正清苦的简单生活
有智慧有惊奇
那里所有事物都是
挺直地生长
在黄色太阳下
歪斜着歌唱
从牛粪里长出的罂粟
从粪块里长出的会思考的天使。
我必须起来离开了
到人是自由的岛
远在世外桃源的破碎文字
和树林背后。

自　传

我每天在迈克之家[①]
过平静的生活
望着但丁台球室的
优胜者们
和法国弹球游戏迷们。
我在下东百老汇
过平静的生活。
我是一个美国人。
我是一个美国男孩。
我读《美国男孩杂志》
并且成为郊区
一名童子军。
我以为我是汤姆·索亚
在布朗克斯河抓小龙虾
并想像密西西比河。
我有一个棒球手套
和一辆美国飞人牌单车。
我下午五点派送

① 餐厅名字。

《妇女家庭良伴》
或在早上五点派送
《先驱论坛报》。
我仍然可以听到报纸落在
残损的门廊的重击声。
我有过不快乐的童年。
我见过林德伯格着陆。
我望故乡
但看不见天使。[①]
我成为鹰级童子军那个月
在五分一角店
偷铅笔被抓。
我为公民保育公司砍树
然后坐在树干上。
我乘坐一艘倾覆的划艇
着陆诺曼底。
我见过有教养的军队
在多佛海滩上。
我见过紫云中的埃及飞行员
中午把窗帘卷起的
店主
无政府主义野餐上的
土豆色拉和蒲公英。

① 指涉托马斯·沃尔夫的小说《天使，望故乡》。

我正在读《洛娜·杜恩》
和约翰·莫斯特[①]的一本传记
他是工业家的恐怖
桌上永远摆着一颗炸弹。
我见过哥伦布日游行期间
清洁工跟在油腔滑调
放屁的小号手们背后游行。
我已经很久
没去修道院了
也没去杜伊勒利宫了
但我仍然老想着
要去。
我见过清洁工
在下雪时游行。
我曾在棒球场吃热狗。
我听过葛底斯堡演说
和金斯堡演说。
我喜欢这里
我不想再回去
我原来的地方。
我也曾坐过棚车棚车棚车。

① John Most，可能是指德裔无政府主义者 Johann Most，他曾提倡暴力行动。

我曾与不认识的人一起旅行。
我曾与挪亚乘坐方舟
去过亚洲。
罗马建造时
我正在印度。
我曾在马槽里
和一个蠢驴在一起。
我曾在南旧金山
一座白山
见过那位永生的分配者
和在卢纳公园游乐宫外
见过那个哈哈笑的女人
在一场仍在哈哈笑的
大暴风雨中。
我曾在夜里听过
寻欢作乐的声音。
我曾作为一群人
孤独地游荡。
我每天在迈克之家门口
过平静的生活
望着世界穿着一双好奇鞋
从身边走过。
我曾出发

走路环游世界
结果待在布鲁克林。
那座大桥太让我受不了。
我曾参与沉默
流亡和欺诈。
我太飞近太阳
于是我的蜡翅膀掉落。
我正在寻找我的老爸
我从来不认识他。
我正在寻找迷途的领袖[1]
我曾和他一起飞翔。
年轻人应该成为探险家。
家是你出发的地方。
但母亲从未告诉过我
世界上还有这样一些景象。
对子宫感到疲倦
我休息
我旅行过了。[2]
我见过傻瓜城。
我见过大规模混乱。

---

① 可能是指涉勃朗宁的诗《迷途的领袖》。
② 这三行诗脱自乔伊斯的《尤利西斯》:"子宫？疲倦？他休息。他旅行过了。"

我听过基德·奥里[①]哭泣。
我听过长号布道。
我听过德彪西
透过一页乐谱滤出来。
我曾在一百个岛屿上睡过觉
那里书就是树。
我听过鸟儿
像钟一样鸣。
我曾穿着灰色法兰绒裤
走在地狱的沙滩上。
我曾在一百个城市里住过
那里树就是书。
什么样的地铁什么样的出租车什么样的餐馆!
什么样的女人挺起盲目的双乳
四肢在摩天大楼中迷失!
我曾在道路交叉点见过
英雄的雕像。
丹东在一个地铁入口处流泪
哥伦布在巴塞罗那
从兰布拉大道用手指朝西边
指向美国运通

① 指爱德华·奥里,爵士乐长号手和乐队领班。

林肯坐在石椅里
还有北达科他州
一张大石脸。
我知道哥伦布
并没有发明美洲。
我听过一百个被管教得规规矩矩的埃兹拉·庞德。
他们都应该被解放。
很久以前我当过牧人。
如今我每天在迈克之家
过平静的生活
读报纸分类广告。
我把《读者文摘》
从头到尾读完
并注意到美国
酷似应许之地
那里每个硬币都刻着
我们信仰上帝
但钞票没有这个
因为钞票本身就是神。
我每天读招聘广告
寻找一块石头一片树叶
一扇尚未被发现的门。
我听到美利坚在黄页里

歌唱。
你永远搞不清楚
灵魂是否有它的盛怒
我每天读各式各样的报纸
听到在泛滥成灾的可悲的印刷品里
唯独没有人性。
我看到瓦尔登湖被抽干
来建造一个游乐园。
我看到他们让梅尔维尔
吃他的白鲸。
我看到另一场战争即将来临
但我不会去打仗。
我读过外屋
墙上的涂鸦。
是我帮基尔罗伊写的。[①]
我大步走上第五大道
在一排密实的军队里
吹响一个军号
但急忙回到旧城区
寻找我的狗。
我在狗和我之间

① “基尔罗伊来过这里”是二战期间墙上最常见的涂鸦。

看到相似性。
狗是真正的观察家
在世界上走来走去
穿过莫洛伊乡间。①
我在对克莱斯勒牌汽车来说
太窄的小巷里走着。
我见过一百辆无马的牛奶马车
在阿斯托里亚一个空地里。
本·沙恩②从未画过它们
但它们在那里
歪斜在阿斯托里亚。
我听过拾破烂者的助奏。
我曾穿越高速公路
并相信广告牌的许诺
横越泽西浅滩
看到平原上的城市③
然后在韦斯切斯特荒野里打滚
那里一波波原居民
乘坐旅行轿车到处游荡。
我见过他们。

---

① 这里指涉贝克特小说《莫洛伊》。
② 立陶宛裔美国画家，以社会现实主义闻名。
③ 指涉普鲁斯特《索多姆和戈摩尔》英译本的名称。

我是那个人。
我在那里。
我多少
受了点苦。
我是美国人。
我有一本护照。
我没有当众受苦。
而我还太年轻
死不了。
我是个靠自己努力取得成功的人。
我计划未来。
我可能获得一份最好的工作。
我可能会继续往前
去底特律。
我只是暂时做一个
领带推销员
我是一个讨人喜欢的家伙。
我在老板眼里
是个爽直的人。
而在最好的朋友看来
我完全是一团谜。
我每天在迈克之家
过平静的生活

思考我的肚脐。
我是身体
漫长的疯狂的一部分。
我在各种夜林里游荡。
我曾歪倒在醉醺醺的门道里。
我曾不用标点符号
写过放荡的故事。
我是那个人。
我在那里。
我多少
受了点苦。
我曾坐在不安的椅子里。
我是太阳的一滴泪。
我是一座
诗人在上面奔跑的山。
我在观看了鹤在飞行中
用脚写字之后
便发明了字母。
我是平原上的一个湖。
我是树上的
一个字。
我是一座诗歌山。
我是对口齿不清者的

一次袭击。
我曾梦见
我的牙齿全掉了
但我的舌头活下来
讲这件事。
因为我是诗歌的
一个定格画面。
我是一个歌库。
我是一片浓雾里
一个海边的空地上
一家废弃的赌场里
一台仍在演奏着的
自动演奏钢琴。
我在那个哈哈笑的女人和我之间
看到相似之处。
我曾在雨中听到
夏天的声音。
我见过木板道上的姑娘们
并且感觉复杂。
我明白她们的犹豫。
我是采果者。
我见过亲吻怎样
导致狂喜。

我曾差点着魔。
我见过贞女马利亚
在沙特尔一棵苹果树上
见过圣女贞德被烧死
在贝拉乌尼翁。
我见过丛林吉姆[1]里的长颈鹿
它们的长颈像爱情
缠绕世界的
铁环境。
我见过无臂的爱神阿佛洛狄特
在她通风的长廊里。
我听过一个塞壬
在第五大道一号歌唱。
我见过白色女神[2]
七月十四日
在艺术路起舞
和无情的妖女[3]
在查姆利酒吧[4]
挖鼻孔。

① 指涉《丛林吉姆》电视连续剧。
② 指涉英国诗人罗伯特·格雷夫斯同名作品《白色女神》中的白色女神。
③ 指涉济慈同名诗中人物。
④ 格林威治村一家酒吧。

她不会说英语。
她有一头黄发
和一把粗哑的嗓子
而且没鸟儿歌唱。
我每天在迈克之家
过平静的生活
望着玩台球的人
参与做蔬菜浓汤
狼吞虎咽通心粉
我还在别处读过
存在的意义
但已忘记
到底在哪里。
但我是那个人
而我将在那里。
我可能会引起
沉睡者开口
说话。
我可能会把我的笔记本
变成草捆集。[1]
我可能会写我自己的

① 指涉惠特曼的《草叶集》。

同题墓志铭
指示骑手们
别停留。[1]

---

① 指涉叶芝的诗《在布尔本山下》。

狗

那条狗在街上自由地小跑
看到现实
而他看到的事物
都比他自己大
而他看到的事物
都是他的现实
门道里的醉鬼
树上的月亮
那条狗在街上自由地小跑
他看到的事物
都比他自己小
新闻纸上的鱼
洞里的蚂蚁
唐人街橱窗里的鸡
它们的头远一个街区外
那条狗在街上自由地小跑
他闻到的事物
闻起来都有点像他自己
那条狗在街上自由地小跑
经过水坑和婴儿

猫和雪茄
台球室和警察
他不讨厌条子
他对于他们来说毫无用处
他经过他们
经过旧金山肉类市场前
整只挂起的死牛
他宁愿吃一只嫩牛
而不是强悍的警察
尽管两者都适合吃
他经过罗密欧小方饺厂
经过科伊特塔
经过国会议员多伊尔
他怕科伊特塔
但他不怕国会议员多伊尔
尽管他听到的
对像他这样一只年轻的狗来说
对像他这样一只严肃的狗来说
都非常泄气
非常沮丧
非常荒唐
但他有他自己的自由世界可以生活
他自己的跳蚤可以吃

他不会被封口
国会议员多伊尔对他来说
只是另一个
消防栓
那条狗在街上自由地小跑
有他自己的狗生活要过
要想
要反省
接触品尝试验一切事物
调查一切事物
而不必担心伪证罪
一个真正的现实主义者
有真实的故事要讲
还有一条真实尾巴让他摇着讲
一条真正活生生的
吠叫的
民主狗
从事真正的
自由事业
有关于本体论的话
要说
有关于现实的话
要说

以及如何看现实

如何听现实

在街角

侧着头

仿佛他就要

拍一张照片

给胜利者唱片公司

聆听

主人的声音

像一个

活问号

朝着

迷惑的存在

那伟大的唱机里望

那唱机有一个奇妙的空心喇叭

看上去永远像

就要喷出

某个胜利的答案

回答一切问题[①]

---

① 最后十余行诗，指涉英国画家弗朗西斯·巴罗的画作，画中一只狗朝唱机的大喇叭里望，名为《主人的声音》(*His Master's Voice*)，缩写为 HMV。这张画及其版权被英国留声机公司买下，该公司和该公司的美国伙伴胜利者公司常用这幅画及其同类题材画作宣传，留声机公司后来干脆改名为 HMV。

基督爬下来

今年
基督从他光秃秃的树
爬下来
逃到
没有无根的圣诞树挂满
拐杖糖和易碎星星的地方

今年
基督从他光秃秃的树
爬下来
逃到
没有镀金圣诞树
没有银箔圣诞树
没有锡箔圣诞树
没有粉红色塑料圣诞树
没有金色圣诞树
没有黑色圣诞树
没有浅蓝色圣诞树
挂满电子蜡烛
和围绕着锡制电子火车

和聪明爆玉米花糖亲戚们的地方

今年
基督从他光秃秃的树
爬下来
逃到
没有勇敢的《圣经》推销员
坐着双色凯迪拉克牌汽车
跑遍各地
也没有西尔斯罗巴克公司基督诞生塑像
加上塑料圣婴在马槽里
用邮局包裹寄抵
而圣婴用快递送达
也没有电视播出的三贤人
赞颂卡尔弗特老爷威士忌的地方

今年
基督从他光秃秃的树
爬下来
逃到
没有摆出握手姿态的肥胖外邦人
穿着红色法兰绒西装
戴着假白胡子

到处佯装成
某位乘坐一辆由欢闹的阿迪朗达克[①]驯鹿拉动
印有德国名字
载着一袋袋买自萨克斯第五大道[②]
准备送给大家想像中的幼儿基督的
小礼物
横越沙漠奔赴宾夕法尼亚州伯利恒[③]的
大众牌雪橇的
北极圣人的地方

今年
基督从他光秃秃的树
爬下来
逃到
没有宾·克罗斯比[④]圣诞歌者们
抱怨没钱过圣诞节
没有广播城天使们
每天八点半
无翼地滑着冰

① 美国山脉。
② 百货公司。
③ 美国地名。
④ 美国流行歌手。

穿过冬天仙境
进入铃儿响叮当的天堂
并奉送午夜弥撒午后场的地方

今年
基督从他光秃秃的树
爬下来
再次温柔地溜进
某位无名马利亚的子宫
在大家无名的灵魂的
最黑暗的夜里
他再次等待
一次不可想像的
和不可能的
圣母无原罪再怀孕
那众多第二次降临中
最疯狂的降临

长　街

这条长街
是世界的大街
经过世界各地
充满世界所有的人
更别说所有
曾经存在过的人的
所有的声音
恋人和流泪者
处女和睡眠者
意大利面条售货员和胸前背后挂广告牌者
送牛奶者和演说者
无骨的银行家
被尼龙连袜裤的势利加护着的
易脆的家庭主妇
沙漠般的广告人
一批批活泼的女中学生
一群群大学生
全都在说呀说
到处走动
或探出窗口

看看外面的世界在做什么
而外面的世界或迟或早
任何事情都要发生
如果发生任何事情的话
而这条长街
是全世界最长的街
但并不像它看上去的
那么长
尽管它经过所有城市所有风景
拐进所有小巷
奔向所有大道
穿过每一个十字路口
越过红灯和绿灯
众多夕光中的城市
众多雨中的大陆
众多饥饿的香港
众多不能耕种的塔斯卡卢萨
众多灵魂的奥克兰
众多想像的都柏林
而这条长街
到处铺展
像一列无穷尽嘟嘟嘟的火车
在世界各地突突突

载着吵吵嚷嚷的乘客
和婴儿和野餐篮
和猫猫狗狗
而他们全都在纳闷
如果有谁
在前面驾驶室里
那么他是谁
开着这列火车
这列在世界各地奔驰的火车
如同一个团团转的世界
他们全都在纳闷
如果有什么事情发生的话
那么到底是什么事情
当他们在拐弯的时候
他们有些探出身
朝前面伸头
试图看一下
单眼驾驶室里的
那个司机
试图望一下
他那张脸
瞅一下他的眼
但他们都未能如愿

尽管有那么一瞬间
他们好像
真能如愿
而这条长街继续晃动
火车继续行驶
它的窗口朝外敞开
它的窗口是世界上
所有街道上的房子的窗口
它继续滚滚向前
穿过世界之光
穿过世界之夜
掠过交叉点
忽明忽暗的提灯
掠过狂欢的群众
夜林的马戏团[1]
妓院和议会
被遗忘的喷水池
地窖的门和未找到的门
灯光中的人影
随世界的继续晃动
而起舞的苍白的偶像

---

① 指同性恋小说《夜林》，书中透过一个马戏团小丑看世界。

但现在我们来到
这条长街寂寞的部分
长街中那在世界寂寞的部分
到处闲荡的部分
而这不是你换乘
布赖顿海滩特快列车的地方
这不是你
做任何事情的地方
这是世界那不做
任何事情
也没人做任何事情
而且没有人在任何地方
任何地方都没有任何人的部分
除了你自己
甚至没有一面镜子
把你变成两个人
没有一个灵魂
也许
除了你自己的灵魂
甚至就连
你自己的灵魂
也许也不在那里
或者也许

不是你的
因为你是所谓的
死人
你已抵达你的总站

下来吧

遇见地铁小姐[①]

遇见一九五七年的
地铁小姐
看到一九五七年的
地铁小姐
乘坐时代广场穿梭地铁
来来回回
在凌晨四点

遇见一九五七年的
地铁小姐
在她那扁平的黑鼻子里
塞着五角硬币大小的棉塞
来来回回穿梭于
时代广场穿梭地铁
在凌晨四点
用割伤的金臂
紧紧抓住
天堂的铁吊环

① 地铁小姐是指被选出并印在纽约地铁海报上的女性。

一只黑手里拿着一株黑大麻

你可以遇见
你可以看到
一九五七年的
地铁小姐
穿着悲伤的便裤
提着相匹配的手袋
在车厢里巡行
用被打伤的黑臂
紧紧抓住
一只黑手里捏着一个黑烟头

而那些铁车厢
永远在转轨
进入死亡和黑暗

啊迷失的乌班吉河

踽踽跚跚穿过
地狱“持续的累积曲线”
抵达但丁最后的
安全出口

选自《消逝的世界的图像》(1955)

这组诗选自出版于1955年、收入“袖珍诗人丛书”的我的第一本诗集《消逝的世界的图像》(城市之光书店，旧金山，邮编94133)。

一

远在满港湾
无隙缝的屋子之上
在拉起一条条晒衣绳的屋顶的
一个个查利·诺布尔[①]烟囱顶盖之间
一个女人在风上
拼贴船帆
用木夹子悬挂起
她的早晨床单
啊可爱的哺乳动物
她那两个近于赤裸的奶头
在她终于伸臂去
悬挂她洗涤得
如此白的最后罪孽时
投下绷紧的阴影
但它充满潮湿的情欲
并绕着她兜转
缠上她的肌肤
当她在抬起双臂时被发现

---

① 是一种大帆船烟囱的名称,因一位英国船长而得此名。后来用来泛指有顶盖的烟囱。

她便向后甩了甩头

发出无声的笑

接着以没有选择的姿势

抖开一头金发

而在遥不可及的海景空间里

在飘起的白寿衣之间

开往天国的明亮汽船

映入眼帘

二

就像我曾经说过的
爱情对上了年纪的人来说更困难
因为他们在同样的旧铁轨上
奔跑得太久了
于是当狡猾的道岔一来
他们就错过了转弯
高速驶上错误的铁轨
而快乐的守车[①]则飞起来
而蒸汽机车司机又不能辨认
那些新的电子汽笛
于是那些上了年纪的人突然脱离生锈的岔线
它终结在
枯草丛中那里堆满
生锈的锡罐和床弹簧和旧剃须刀
刀片和发霉的
床垫
而铁轨就当场折断
在那里

---

① 指列车末尾供职员使用的车厢。

尽管枕木还多维持一会儿

而那些上了年纪的人

对自己说

看来

这一定就是我们

要躺下来的地方了

于是他们躺下来

而在远方的山顶上

明亮的交谊厅

倾斜着

窗口充满了蓝天和拿着鲜花的

恋人们

他们的长发飘扬

他们全都在大笑

挥着手

彼此窃窃私语

向窗外张望

并纳闷那些铁轨终结之处

坟墓是啥样的

三

在遥远的时候普拉克西特列斯[①]
挥舞一柄金锤
把他的雪花石膏理念
敲进石头
用可见的音节
念出他
所有的词汇
他铸造铜树
把一只变色龙石化在一棵树上
使石鸽
飞翔
他的两脚规测量桥梁
和恋人
和另一些在尘土滚滚的死亡途中
被他逮到的
超人

也就是说他们没有到达死亡

---

① 古希腊雕刻家。

你仍然几乎可以看到

他们的呼吸

他们的石眼穿过三千年

凝视

减轻我们对年老的恐惧

尽管普拉克西特列斯本人

二十八岁就死了

因为雕刻不适合

年轻人

如同康斯坦丁·布朗库西

后来

说的

四

在巴黎一个喧闹而黑暗的冬天

当普罗旺斯的太阳还算不错

当我偶然遇见

勒内·夏尔的诗歌

我便再次看到沃克吕兹[①]

在蚱蜢出没的夏天里

它的喷泉充满花瓣

它的河流奔驰而下

穿过那个杏仁色世界的

所有焚毁的地方

① 法国地名，诗人夏尔的出生地。

田野充满宁静

尽管蟋蟀

用它们的腿歌唱

而在诗人那轰鸣的梦中我看到的

不是罗讷河上的罗累莱

也不是在马赛下船的天使

而是赤裸走进悲伤的水里的情侣们

在春天那深沉的色欲中

在至今我仍在破解的

抒情的代数中

五

索罗利亚笔下戴宽边帽的女人们
舒展在他画布的沙滩上
吸引了西班牙
印象派画家们

那它们是关于世界的
假画吗，例如光线在她们身上的运动
是否制造爱情的
幻觉？

我不禁想到
它们的“现实性”
几乎像我对今天的记忆
那样真实

当最后的太阳悬挂在山上
而我听到白天落下
如同鸥鸟几乎
落在地上

而最后的野餐者躺下
在吹拂的金雀花中相爱
抵制并继续抵制
把自己撕碎

一而

再地

直到那再也不能抵制的
悬置已久兴奋激动的最后高潮
使他们呻吟

而黑夜之树挺起

六

“真理不是少数人的秘密”
然而
你也许会这样认为
如同某些
图书馆员
和文化大使和尤其是
博物馆馆长们
所做的

你会以为他们
垄断它
如同他们
到处走动摇摇他们
高高的头
看上去好像他们从未
上过厕所
或上过任何什么

但我不会责怪他们
如果我是你

他们说灵性是以抽象方式

才获得最佳的表达

还有呢

在博物馆里逛荡总是让我

想

“坐下”

因为在那些高度上

我总是

感到

便秘

七

幸运
也会送曲奇饼

而这是件好事

因为已经很久了

自从那年夏天在布鲁克林
他们在一个炎烈的日子
封锁街道
而那些

消防员

扭开水龙带

而所有孩子都跑出来

来到街道中央

而我们

大概有二十多个人

在那里

消防水射向

天空

朝着

我们所有人

淋下来

我们大概只有六个

孩子一块

赤脚和穿着生日礼服

四处里跑啊

跑

而我记得莫莉可是

消防员突然间

停止射水龙带并且

退回到

消防局里去

又

开始玩纸牌游戏

仿佛什么事

也没有

发生过

而我记得莫莉

望着我然后

跑过来

因为我猜那里真的只有我们俩

八

那是一张可以瞬间被黑暗
抹杀的脸
一张同样可轻易被欢笑或光
伤害的脸

“我们夜里想的不一样”
有一次她对我说
一边慢悠悠地躺回去

她会引用科克托

“我感到我身上有一个天使”她会说
“而我老是令他震惊”

接着她会微笑并望向别处
为我点一根烟
叹息一声站起来
伸展
她甜蜜的身体

松脱下一只长筒女袜

九

有趣的幻想再也没有像旧式传奇故事那么真实的了
故事中男主人公有一个女主人公而女主人公
有黑色长辫子并且绝不让
任何人
亲她
而每个人都总是想方设法要
跟她私奔
而男主人公永远拔出他的
(原文如此)长剑
冲向酒馆并且
总是告诉她他
爱她并且只有高尚的意图和
高尚的战绩
并且在任何事情上都从未遇到
对手
然而有一天
向来如此羞怯的她
终于准备好了并且说
(尽管没有太多冠冕堂皇的话)

让我们找个地方躺下吧

宝贝

十

太可怕了

一匹马夜里

独自被拴在死寂的

街道上站着

哀鸣着

仿佛某个悲伤的裸女骑着它

用发热的双腿夹着它

并唱出

一个甜蜜又高昂又饥饿的

单音节

十一

世界是一个值得呱呱坠地的
美丽地方
如果你不介意幸福
并不总是
如此充满乐趣
如果你不在乎一切如意顺遂时
偶尔
也会有些许地狱
因为哪怕是在天堂里
他们也并不
总是唱歌

世界是一个值得呱呱坠地的
美丽地方
如果你不在乎永远有
一些人死去
或者也许仅仅是
有时候挨饿
而挨饿并不那么糟
如果那不是你

啊世界是一个值得呱呱坠地的
美丽地方
如果你不太在乎
在高层
有一些死头脑
或你仰起的脸上
时不时会有
一两颗炸弹
或诸如此类的不得体事情
如同我们这个名牌社会
容易发生的
尤其是社会上有不少杰出人士
和灭亡人士
还有牧师
和其他巡警
以及各式各样的种族隔离
和国会调查
和我们愚蠢的肉身
所继承的
其他便秘

没错世界是适合许多事情的

最好的地方

例如制造有趣的场面

制造爱的场面

制造悲伤的场面

唱低沉的歌由和拥有灵感

到处逛荡

观看一切事物

闻花香

戳雕像的屁股

甚至思考

和亲吻人们

制造婴儿和穿裤子

和挥动帽子和

起舞

和去河里游泳

在盛夏

举行野餐

和仅仅是一般地

“享乐”

没错

然而就在享享乐乐时

微笑着的丧事承办人

来了

十二

读叶芝我想到的不是
爱尔兰
而是纽约仲夏
和我自己当时
读我在第三大道高铁上[1]
捡到的那册诗集

高铁
连同其吊扇
和写着不准吐痰的
告示

高铁
倾侧着穿过其三楼世界
连同其三楼人民
在他们三楼门道里
看上去仿佛他们从未听说过
地面

① 指高架铁路第三大道线。

一个老妇人

在给她的植物浇水

或一个戴草帽的逗笑者

把别针别在红白相间的领带上

看上去仿佛他无处可去

除了科尼岛

或一个穿背心的家伙

在他的摇椅里晃着

望着高铁经过

仿佛他预期它每次都会

不一样

读叶芝我想到的不是

世外桃源

及其叶芝认为已经死去的树林

反而是想到

所有那些远去的面孔

在市中心某些地方下车

带着他们的帽子和工作

想到我曾经拥有的那本丢失的诗集

它的蓝色封面和它的白色内文

那里一只握铅笔的手曾写下

“骑手，过去吧！”

十三

甜蜜而多样的林百灵

在非购买来的大门上歌唱

然而有多少

野兽
有多少啊在文明的
灌木丛里变疯了

荷尔德林
在他的石塔里
或在图宾根那个善良木匠的
屋子里

或兰波
他的“噩梦和逻辑”
是一种疯狂的诡辩术

但我们有我们更晚近的人

他们也致命地假设

在语言与现实

文字与世界之间

确实存在着

直接联系

而这是一个笑柄

如果你问我

我也曾醉眼看

蜘蛛

译后记

我最早知道费林盖蒂，是一九八〇年代中期在赵毅衡先生编译的《美国现代诗选》里。赵先生在他写的费林盖蒂小传中提到，费林盖蒂是“五十年代垮掉派诗人中唯一年纪比较大的人，而且看来也是他们中最成熟的”，又说他的代表作《心灵的科尼岛》“体现了垮掉派诗歌中比较明朗清晰的一面”，并认为他在“垮掉派中一直是个与众不同的人物”。

费林盖蒂一九一九年生于纽约，母亲有法国和葡萄牙犹太人血统，父亲是意大利人，青年时代移民美国。费林盖蒂出生七个月前，父亲就去世，母亲在他出生后被送进了精神病院。他由法国舅妈抚养，因此他最早讲的是法语。五岁大时，他们回到美国，费林盖蒂被送进孤儿院，舅妈则去找工作。舅妈最终当了比尔斯兰德夫妇的法语家庭教师，费林盖蒂后来被这对夫妇领养，并被送去私校接受教育，一九四一年毕业于北卡罗来纳大学查珀尔希尔校区。第二次世界大战期间加入海军，战后入读哥伦比亚大学，广泛阅读文学，尤其是现代文学，影响他较大的英国作家包括莎士比亚、马尔罗、浪漫主义诸诗人、霍普金斯、乔伊斯，美国诗人惠特曼、艾略特、庞德、桑德堡、林赛、玛丽安·摩尔、卡明斯等。一九四七年获硕士学位，其硕士论文研究罗斯金和英国画家透纳。之后，他又往巴黎大学深造，获博士学位。影响他的法国诗人包括普鲁斯特、波德莱尔、阿波利奈尔、桑德拉尔等。

回国后他定居旧金山，当法语老师、画画和写艺术评论，还翻译法国诗人普列维尔的作品。一九五三年创办“城市之光”书店，一九五五年创办城市之光出版社，出版他自己的第一本诗集《消逝的世界的图像》。虽然该出版社后来以出版垮掉派诗人的诗集闻名，但是其书目并不限于垮掉派，并且也不限于美国，还包括很多外国作家的英译本，例如歌德、布莱希特、帕拉、巴塔耶等。

当然，城市之光出版社最著名的诗集是金斯堡的《嚎叫》，这本诗集还导致费林盖蒂卷入一场淫秽出版物官司，他和书店经理双双被捕。但法官最终判处该诗集淫秽罪名不成立。

有趣的是，费林盖蒂的第二本诗集《心灵的科尼岛》（一九五八）并不是由他自己的出版社，而是由美国新方向出版社出版的，而据出版社说，该书销量迄今已过百万册，是美国诗歌史上最畅销的诗集。它与金斯堡的《嚎叫》、凯鲁亚克的小说《在路上》一起，成为垮掉派最著名的作品。有评论者认为，《心灵的科尼岛》应被视为一位卓越而普世的诗人的早期作品，而不只是某位“垮掉派诗人”的最佳作品。

《心灵的科尼岛》具有和平主义和无政府主义的色彩。在风格上则具有超现实主义色彩，包含讽刺性的社会观察，同时也有政治担当，又不忘一些简单的乐趣。费林盖蒂相信生命的神奇，并以生机勃勃的甚至有点儿滑稽的方式来表现。

《心灵的科尼岛》第一部分是以吟唱、拼贴、枚举、杂忆、印象和碎片化的抒情诗构成的。例如第一首，戈雅展示各种类型的“世界人民”在他们变成“受苦的人类”那一刻的场面。第三首被评论家认为“提供了终极的超现实视域，展示失败的美国梦”。第五首则以讽刺手法处理基督教的异化，暗示如果基督生活在现代世界，他将会受到怎样的对待。

第二部分称为“口头信息”，是一些无拘无束的沉思，走的是惠特曼式的路线，沉思人类身体的意义，大声疾呼，要求我们抛弃物质主义的种种束缚，回归简单的生活方式。崇尚个性，反对一致；崇尚艺术，反对消费主义；崇尚自然，反对工业。有时候，也有现代主义的回声，例如《拾破烂者的助奏》就有艾略特《荒原》中不断重复的“快走吧，时间到了”的回声。在《我在等待》中，每当理想幻灭的叙述者在等待的时候，总是伴随着一系列期待，这些期待都充满了冷战时期美国的陈腔滥调和流行语——文学典故、历史典故、普通宗教象征和爱国主义口号，暗示叙述者徒劳地等待连他自己也不知道是什么的事情发生。那首《狗》则被认为是垮掉派时代最著名的诗之一，也许是因为费林盖蒂以相同的风格写另一首叫作《他》的诗，而据说那首诗是关于金斯堡的，因此大家也都认为这只狗也是指金斯堡。不管怎样，这首诗被认为是很能代表纯粹的垮掉派精神。

第三部分则是选自费林盖蒂第一本诗集《消逝的世界的图像》，这本诗集如评论家所言，有着“野性而微妙的个人音乐和疯狂的超现实主义的出人意表”，亦是《心灵的科尼岛》的先声。在第四首中，我们看到费林盖蒂向法国超现实主义诗人勒内·夏尔致敬，这也许是英语世界最早向夏尔致敬的诗。第五首则是费林盖蒂把诗与画结合起来的一个早期例证。

反讽的是，虽然费林盖蒂是十足的学院派出身，但他的诗歌却是反学院派的，其形式极其开放，实验性强。他要“发明一种谁都懂的新语言”，“讲世界无法否定的新真理”。尤其是《心灵的科尼岛》和《消逝的世界的图像》发展了一种实验性的抒情诗形，左边留下很多空白，还有就是诗中包含一种滑稽、调侃的音调。在形式上，他主要是受惠特曼、威廉·卡洛斯·威廉斯和“投射诗”发明者奥尔森的影响。同样有趣的是，他宣称自己的初衷是写“街头诗”，因为他要“赋予无舌头的街道一个声音”。但是不少诗却充满文学和文化典故，以致如果没有一定的文学和文化知识，就难以完全领会他的诗。不过，读者不知出处，也不一定就是什么损失。例如第二首结尾“在达里恩一个山峰上沉思不语”就是来自济慈的一首诗，也许作者只是信手拈来，如果读者非要看出这个典故，并把这首诗与济慈的诗联系起来，做“互文”阅读，那也许不是作者愿意见到的。

在我看来，费林盖蒂是一位名副其实的雅俗共赏的诗人。一般意义上的雅俗共赏，是指既高雅又能为大众所欣赏，或既通俗又能为高雅者所欣赏。但费林盖蒂可以说是刚好来到雅与俗的接合点上。这意味着越是高雅或自以为高雅的人（更多是后者），就越远离那个接合点，因而可能就会倾向于贬低它，或更准确地说，以贬低它来抬高自己。另一方面，大众固然爱通俗的东西，但同时也会不断提高自己，所以他们会倾向于朝着高处那个接合点靠拢。这可能是这本诗集能够长销的原因。

不用说，吸引我翻译这本诗集的，也正是这个雅俗接合点，因为刚好(而不是能够)做到这点的诗人或诗集都十分罕见。

二〇一六年初,我母亲住院,我抛下手头紧张的翻译工作回香港照顾母亲,历时四个月。其间,无法做任何其他事情。唯一能激发我去做的,正是这本被我耽搁已久的《心灵的科尼岛》。每天译一点,成了沉重的生活中难得的放松和愉悦。

在此,感谢我的微信公众号"黄灿然小站"的执编郑春娇小姐替我做英汉对照的初校;感谢出版社编辑王源小姐提出宝贵意见和花时间调整诗集中那些长短不一的复杂句子排列。

译者

二〇一七年七月七日,洞背村

图书在版编目(CIP)数据

心灵的科尼岛/(美)费林盖蒂(Lawrence Ferlinghetti)著；
黄灿然译.—上海：上海译文出版社，2017.8
书名原文：A Coney Island of the Mind
ISBN 978-7-5327-7475-3

Ⅰ.①心… Ⅱ.①费…②黄… Ⅲ.①诗集—美国—
现代 Ⅳ.①I712.25

中国版本图书馆CIP数据核字(2017)第091282号

A CONEY ISLAND OF THE MIND
by Lawrence Ferlinghetti

Published by arrangement with City Lights Books
through Bardon-Chinese Media Agency

图字：09-2013-935号

心灵的科尼岛 A Coney Island of the Mind	Lawrence Ferlinghetti [美]劳伦斯·费林盖蒂 著 黄灿然 译	出版统筹 赵武平 责任编辑 陈飞雪 装帧设计 周安迪

上海世纪出版股份有限公司
译文出版社出版
网址：www.yiwen.com.cn
上海世纪出版股份有限公司发行中心发行
200001 上海福建中路193号 www.ewen.co
上海市印刷四厂印刷

开本850×1168 1/32 印张4.75 插页2 字数21,000
2017年8月第1版 2017年8月第1次印刷

ISBN 978-7-5327-7475-3/I·4563
定价：30.00元

本书如有质量问题，请与承印厂质量科联系。T：021-59886521